JN248615

現代・北陸歌人選集

横内ひとみ歌集

薔薇の喪失

目次

横内ひとみ歌集 ● 薔薇の喪失

薔薇の喪失

愕《おどろ》きの蘇えりの秋身を逼《せ》むるうるわしきかな薔薇の喪失

匿《かくま》われ嵐ににたるこのひと夜風ひと雨のあかきに留まる

喪失のひとことのみに浸《つ》かりいる闇夜に醒めるけだるき運命

幸いを繕いながら顧みて運命ひと筋尽きて絡まる

天命を星の砕片《かけら》に問いかけし遠き夕辺の錯覚のいろ

衣流し細き指笛囁きの精霊溢るる郷の静寂に

穏やかな瞬流れおち愛しみの足音掴み薔薇の満ちゆく

乱れつつ今宵を映す彩りは浅き秘密の青白き衣

幾筋の凍りて融けるひと瓣《ひら》のあまき苦しみ憎しみ帯びて

靄ふかき風に溺れる花瓣の薔薇の蒼さのいたみにも似て

熱き胸愛しき痕を残しつつ濁れる水に結晶生るる

愛しみの淵に誘われ凝らしいる執念の雨満ちたりており

美しき淵より

美《は》しき淵ゆらめく襞の数うれば愛の欠けたり眩しきほどに

風呼びて夢に浸かれば渦を巻き遠ざかりゆく現の世界

水澄みて生れし淵より疲れ果て命のあかく惑いて眠る

幽けきはしとど沸き立つ言霊の風に連れられはるか山際
風熄《や》みてかぜの極みの匂いたち花遠ざけて生命あたたむ
幸いの風音のあとの貌浮かべ雨は身体を捲りて過ぐる

蒼き肌紅き肌とも雨凍みて異界に融ける稜線の糸

憧憬へ面撥ね返しいそぐ影斜めに叩くあらき雨粒

横顔の視線の美しき麗しき呼び留める風そぞろ際立ち

夜ごと降る時雨るる声に伝いつつ呪縛にあかき花満ち溢る

さんざめく星あつめては煌めきの愛しみの淵迷いて生きる

夕《ゆう》占《け》問う花ひとつなり天祥の囁き貫く美しき淵より

白きモンロー

異界よりモンローの裾あおられて白きドレスの愛ふり注ぐ

揺れなずむ夕陽のあかきこころしてモンロー遠く囁きゆけり

風さわぎ祈りつくしてモンローの薔薇のかおりす魅せられし夜

白き渦さざめく星の映り香の夢のまくらにゆられてゆきぬ

静寂はあるきつかれて足もとの風にたむける愛ひとかけら

夢ひらき異界より湧きおきざりの一輪咲けばひかり溢るる

異界よりただひとりきり憂いもち世紀の女そこはかとなく

やわらかき女性の胸に辛《つら》き棘薔薇の躱《かわ》してただ救いたり

ブロンドの愛の糸髪流星の忘れぬひかり白く陽炎う

蘭の水滴りながら潤いの世界は色を変えつつ色づく

湖の波紋のごときエロチズム女の性より崇高に生き

白き薔薇美の集約のひとひらのドレスにしみの微汚《びお》も残さず

神々の唇

神々の憂いはこの世の他愛なきひとなるゆえに縋《すが》りて涙す
罪よりは善につみあり深き胸朧なるゆえ測り知れずや
もう神は古びた衣ぬぎすてて愛の融けだす真白き世界

ひとよりは巡りきれずに走り去りしずかに宙《そら》に坐して微笑む

抱擁のぬくもり神の膝のもとひとの夢より大いなる神

さあ人よ憂いと疲れをぬぐい去れ不可思議めいて神々の息

風吹けば風にうろたえ雨たたく地を憂いては神の掌のうち

憂悶の薄氷融けて今宵また健やかな夢に煽られ眠る

純彩《じゅんさい》のこころの色に染まりつつ求める生命我に弾かれ

髪の為すままにみどりの髪ながし疲れ知らずの幼女のごとく
ただ愛は愛としてのみ存在すただ恋は恋としてのみひそやかに
生れ来しは使命を持ちて水のごと弛まぬ届かぬ世の不可思議に

桃色ナイフ

花知らず宵知らずゆえ桃色の吐息ひといろ掴みて眠る

嵐吹く深き闇夜の果てよりの狩人胸に招いて逢わん

俯けば生命知らずの恋の花身に咲きており桃色びとの

狩りすれば腕に傷負い密やかに潤む瞳のその奥に病む

夢幻なる摩天楼より果実落ち私のこころは切れないナイフ

桃色のももいろの夢束ねたり抱えて歩く摩天楼の峡谷《たに》

大股のピンヒールの先螺旋より足早に着く最上階の譜

吐息のみ紅帯びており疲れ果て絡まるドレスの夏のよろこび

髪の色おもいきり染め切り詰めて桃色の豹えがくストール

求むれば神に纏われ苦しかり指に桃色糸の結ばれ

東雲の悲しみつまらせ咳こめり夜から朝のつかのまの色

路地からは子猫の貌の女《ひと》いでて時代の狩人桃色ナイフ

難破船

夏の夜に恋に疲れた女がとおるコバルト光に叫びを起こし

寝苦しき宵は月下美人さえレモンを絞り唇濡らし

ひと呼びてひとを拒みて逢わぬふりこころの湖は月の蒼さに

しらじらと捲《めく》りて夏の香ただよいの擦れ違う糸赤き糸なり

遠のける砕氷船の嘆きより夏の女は赤き恋捨て

オリオンの青き散光《ひかり》浴びたりてオリオンの愛髪に飾れば

難破船泳ぎ疲れて人魚姫ひどくやつれた頬のルウジュの
恋捨てて髪束ねれば宵闇の月は哀しく堕ちて水底
ああ。なんと乙姫の衣うるわしく海面を覆う光のゆれて

流星の筋《すじ》の胸背《むなせ》を貫けばうなばら吠えたり愛し男呼び

海原に曳きて寄りつつ海原の珊瑚のうちに融けて消えゆく

砂浜に打ちあげられし純愛の涙の尽きし女わだつみに

かぐやの月

うるわしきかぐやの匂う竹の秋月の御影の影あざらけき
哀しみは答えなき夜の草の音のたあいなき風青き揉捏《じゅうねつ》
亜麻色の髪の匂いぬ山際の稜線にまた雁の啼きつる

月青く翳りを放つ闇夜より出でたる桔梗の泡沫の色
うす赤き唇つかみそこねたるかぐやの月の朧なる夢
揺らぎつつ我を誘いて銀色の風絶ちてより花の苑なる

さまよいて悠久よりの青き薔薇鼓動の青さは宙に映れり

永遠の流れのなかに澱みたり藍滲ませてわすれな草よ

泡沫の季《とき》には醒めぬ胸にまだ嵐まつわりともにまろびぬ

湖際の小舟の幾漕ひき寄せてつぶやき放つ月のかぐやの
青砂のつちより出でたる生命ゆえただならぬ夢伏せてなお満ち
花たりて嵐産みたり漂いの季の青さよむらさき躱す

瑠璃の困惑

雪翳に漂う困惑瑠璃色の羽ずれの音の迷いてゆけり

枯れいでて彷徨いながら醒めやらぬ樹氷のなかの瑠璃の困惑

煽られて風におののく瑠璃蝶の蒼き想いの繋がりゆきて

ひとりきり振り向きもせず蒼白き大いなる息潜む昊《そら》まで

疲れきり鱗粉の香の夢殿へラメのレースの頬に似合いて

さざなみを湛える泉の森のなか無数の瑠璃の飛び散らう夜

蒼く染む淡き言葉のきれぎれにひと夜ひと夜を掬いあつめる

愛すれば蒼き地球のひと雫稲光満つ轟きのこし

案ずれば誰のため蒼き花瓣の瑠璃遠のきて静寂呼びぬ

宵にのみ咲くひと瓣の花のごと瑠璃またるりのおもいあやめて

ひきつれて螺旋の翳りひっそりと瑠璃蝶誘い蒼き糸ひく

ひざまずく聖人ひとり涙して永久へと架かる生命の蒼く

あかき呪縛

春雷に色褪せし花夢を捨て宵にもどりし姿浮かびて

ひと夜には神がかりなり白肌に露の走りはたおやかすぎて

ひかり寄せ言葉に逢えばひとすじの髪滲みたり風を捲りて

すこやかな春を呼びたり恋うひとの幾たびの声潜みて沈む

もう夏の雨は稲を束ねたり豪雨に流す神のみ胸に

幸いは日日のくらしの他愛なきかたりのうちに彩放つ

ひと夜にて媼《おうな》となれりこの樹より躲して活きる神の言葉も
うごめいて苦しき息のひと夏のあかき呪縛はいまだ融けずと
身を尽くし我を抱けば藍色に拡がる大地染まりつくして

我ひとり藍微塵《あいみじん》より再来の想いをうけてかすかな息の

闇の中一途に夏の轟きの髪かきわけて蛍飛び散る

雨あめのひと夏なりぬひと夜にてぬるむ髪色ただ恋に揺れ

摩天楼

孤独なる契りを捨てた異人との新たな貌と出逢いし桜樹
彼方では無機質を向きかさなりて飾りしことの虚しさゆえに
摩天楼囁きばかりの戯れに彷徨う星の淵に籠りて

夜界よりピンクの花瓣吹き荒れてビルの谷間の煉瓦にとまる

春らしき夏らしきいま肌のうえちいさき夢の砕片の潜み

わたくしは青き羊水呑み込んで葡萄の粒に隠れ生きたり

過去よりの風の使者より伝えられ時代の愛の在り処を訪ね

ああ恋は身を突き抜けて雨を抱き僅かな笑みを見つめて還る

暁に藍のいろして愛されて星は流され異国へいそぐ

麗しの声を捲りて身の浸る残花恋花の舞うそばに泣く

憧れの野葡萄の汁飲み干して痩せた蛍の影に酔いたり

天上の神はわたしを見下ろして摩天楼より掬い去りたり

火の国の淵

山に住む妖女よ熱き海辿り夏の夕べは風を呼びしか

髪に巻く夢のかずかずひと知れず人魚のごとく陽を巡りたり

交わしあう言葉ひとつも消せずして媼になれり火の国の淵

紅色の想いはいつか火の国の淵より煽られ焔の塊に

真白き花の枯れずに雪のごと夕闇のみに纏われてゆく

哀しさの蔓を小指に編みこんで夏野のなかに消ゆる影踏む

蔓草に流星返しの爪先の絡まる闇夜髪の冷えゆく

忘却は逼《せま》りて離れ寄せかえしこころの隙間ひと色残し

風に問い花に浮かびてひと筋の細き糸なる縁とともに

つかの間の夏の草なる陽に酔えば枯れなんとするひと露留め

わだつみ追う風の彩《いろ》雲の彩真夏の火の国いろ鮮らけき

夏花はなつばななれど雪を負い白き姿の赤き火となる

藍染めの絹

薄絹のこころの奥の水底の藍深くしてさざめき揺れる

運命もて流るる界の果てよりの藍ゆるやかにあいより生れし

彼の女は薄絹のごと麗しく昨日の貌で愛を悟りぬ

ひとしきり冷たき液の藍の汁浸れし腕のその中のいろ

紅色の穂に偲びたり花よりの便りのなきに胸を焦がせば

藍色の月の翳りの似合いたり翳れるゆえの麗しさゆえ

浸されて染まりし刻のきれぎれに藍はあいの色しか知らず

青白き界より出でし藍染めの身の疲れ呼び紅の穂先の

いにしえの想いを受けて茜挿す雲の欠片にひと色添えて

陽に透けし蒼き絹より爪弾けば花ゆるやかにほころび浮かべ

繭よりの白き儚《はかな》き絹糸の染まりて滲む運命の色の

つむじ風ひとつ抱きて胸に寄せ藍ひと吹きの細き縁へ

放たれし罪

胸乾き風に雨音響かせて恋うる雫のなみだを呑みて

惜春の青き胸より身を籠り名を繰り返し漂う夜の

放たれし罪より浮きておもかげは辿りて尽きぬ河のようなる

麗しの窓辺にひとつ忘れ来しぬくもる指のペンの軽さよ

ふつふつと沸きて沈みて心より熱きこころの破片の色

色彩のようなることば受け止めし蒼く拡がるこころの世界

何処より生まれて消ゆる罪人の髪のかおりに縋れる揚羽

虹色の螺旋の渦中に青ざめし黒き揚羽の罪の絡みぬ

幾何学の模様の風のかたすみで乙女のごとしひと言のこし

流れ落つ生命をとどめ身を凝らしこころの風になみだを拭う

ああ夢は黒羽のごとき貌をして寄り添い経ちぬ秒よむほどに

寂寥は雨音となるそれまでは響かぬ梵鐘いだきて憂う

もののふのごと

夕麗に遠き地よりの便りなきもののふのごと足音聞こゆ

果てのなき欲望の海疲れ果て天空よりのもののふの声

飯草《いいぐさ》の辛き時代の風染みて忘れがたきは愛のみなりて

六月の雨の雫は瑠璃色の愛しさを呼ぶ風のしたたり
もののふの低き轟き胸中にむかしを抱く帷子の袖
敵のなき世をみつめたり戦いに嘆く神の身秘めて湛えて

物音に黒豹のごと耳をたて父にもののふ絶えず勇みて

風吹けば風向きの香の切なかり時代は常に歩みてやまぬ

あたらしき季節をまもりてうら若きもののふの生れ身をなげかけん

無機質な時代のかげに一輪の牡丹を捧げ明日を夢とす

華麗なる戦さの伝わりいにしえの紫雲《むらさきぐも》を想えば虚《むな》し

もののふの躾す風よりひそやかに照らす扇に煽られ生きる

素敵の極み

野葡萄のむらさき色の雲のきて素敵の極みに雨ふりやまず

謎めいて驟雨のなかにひとりきり花瓣かざし傘もささずに

美少女の翳りのうちの微笑はみどりの髪にかくれておりぬ

哀しみは冬から春に引き裂かれ透明すぎる花瓣残し

せせらぎの愛極まりて春色の疲れを呼びぬただ酔いながら

夏花の煌めいたまま昇天しシュールなかおり残すパリの陽

藍染めの浴衣をくぐる白肌の駆け出す夏は茜色して

初恋の星のはざまに隠れ住み爪先までもいろどられゆく

蔓薔薇はちいさく細く佇みて貴妃の生れたる湿地のなかに

プリズムは淡桃色に象《かたど》られいびつな風は哀しみ散らす

華やぎの秋の庭より蝌蚪の沸き涙吸い取り闇に溶かして

北風の瞳の憂いのひと雫髪に飾りて細雪呼ぶ

幽幻の河

純白の絹覆いたる想い出は指の翳りを見つめておりぬ

紅ひけば朧げなる河音たてて誘いて流るる幽幻の河

哀しみは秋の棲家の青白きひとり歩きの夢追うこころ

いかにして辿れる河の幽《かそ》けさはただひとりなる水脈のはじめの
うらぶれて涙にくれし幽けさは弾ける花の麗しさにて
掌にうけし愛ひと翔《か》けのゆるぎなき河おしかえし形なきゆえ

宝石のブルートパーズその夢の終いの傍《はた》にて父母はねむりて
想いつめ月の影より湧き出ずる秋のさやけさ木の葉の散らし
幽幻に淡むらさきに煌めいて水脈とうとうと涙をながす

東雲はかすかに呼べり愛しさのカンナとともにうらぶれていま
萌ゆる花捧げし夢のあかあかと秋の幽けき河に一輪

枳殻《からたち》の白き炎

唐よりは恋にまみれて純白の哀しみ載せてまた流される

春の末遅咲きの白まぶしさにむかしの光ただ凍えくる

冬を耐え春の遅きに色を挿し潤いの水吸いあげて酔う

枳殻の白き炎は謎めいて愛より知らぬ人知れぬ彩

芳香の黄熟《おうじゅく》の木の実わすれじの魂の渦巻きてまろびて

海を恋う万葉の色哀しかり白き花辨の憂いを描き

枳殻の翼湛えて隠岐《おき》をゆき流れ来し郷生命を呼びて

海原の愛より辛き厳しさにたおやかな身を流され憂う

哀惜はみずからの白ひといろに世を避けてまた孤独の満ちる

あるときは路地の群れ為す鳥どりと恋びととなる恥らいの花

憧れは北のひときわ青き星星の翳りに姿をゆだね

辛き日々超えて辿りぬ女人生れ枳殻からたち地に身を隠す

蒼の雪消月

湖の蒼きを掛けて着たような少女に逢えり雪ゆきのなか

唇はうすもも色に滲ませば雪の色なる素肌哀しも

げにわれは融けゆく沢の雪の音のああゆきの精まろびて潜む

雪消月母のうまれし温もりの焔に燃やす少女の頬の

枯れ蔓の繭にもにたる淡雪の遠ざかりゆく記憶の芯は

しろき雪蒼き雪ならつめたくも薄桃色に翔《か》け抜きゆけば

ひとすじのほつれ髪より浮きたちぬ風いじらしき透けゆく襟もと
樹氷には蒼き雪など似合いたりをのこの胸に刺さる樹氷の
ああ刻は暮れなんとする淡雪を凍らせていまゆきの花なる

つまずきは雪に想いを募らせて指の先まで恋尽くしたり

青白き双樹はただに恋うる雪ゆき色躲し流るる声の

舞い降りる融ける地の色鮮らけきああ雪の娘よ哀しくあらん

泡沫の袖

風胸によぎりたるゆえひと夏の向日葵ひとつにたよりを寄せて

泡沫の袖の雫にひと露の風遠のけば花の愛しき

七彩に秀《ひい》でたるゆえ風をうけ色濃き夕べにまたも寂しき

透き通る胸の鼓動をみつめれば疲れし夏の想い仄かに

永遠と問いし夢より儚さは地を湧きいでて我をあやめる

泡沫の彩をのこしてすぎゆけば時代は今もいにしえのごと

胸はまだ紅紫に飾られて乙女ひとりの髪にかよいぬ
ただならぬ追い風のまた囁きの紫雨に隠されこの身を逼る
ひとひとりまた異界へと導かれ頬染めし日日鮮やかならん

ひとり住むあしもと狭き界のもと蒼き地球はいまも漂い
わが子へと想い重ねてこの胸の果てしなき風ひとつ束ねて
常とする花の儚きかすかなるみやびに頼りひとつ風産む

青き妖精

仄白く遠く祈れば妖精の身に降る夢の淡きに浸る

飾りなき素肌の色の肢体には異国より愛運ばれており

初蝶の姿をまねて飛び交えり青き翅もつ白き心で

いにしえの胸の熱さを求むれば風おおらかに妖精つつむ

枯れ出でた疲れし樹々のそのうえの魂煽り妖精生るる

宿のなき辛き夢見し妖精の遥けき棲家のあかり灯せば

春をゆくまた夏をゆく透明な翅たずさえてひとを誘いぬ

ひと降りの恥らう雨に濡れ滲み翅に露のせまたかがやきぬ

翅やすめ木の葉とどめばメッセージ遠き国より花寄せられて

孤独なる哀しきはずの花のうち季節の雫さやけさに似て
麗しき憂いを帯びた言葉にて青き世界に落とされてゆく
この青き類なき愛は宇宙より蘇りたる生命のながれ

幻想の横顔

風に散り遠き異国の幻想の春ふたつみつ零れ咲きたり

炎昼のカンナに夢の移ろえば疲れきりたり夢のはざまに

憧れは鳥おおらかに羽ばたけば遠のく記憶のそのすぐ傍に

春過ぎて炎昼の夢くきやかにただ夏をゆき涙を流す

横顔は幻想のうちの現実の極みに翳り姿隠して

異界へと名残り映して振り向けばまた愛に泣く幾夜通して

また夏は子猫のように見つめたり心の奥を透かしてゆけり

この時も昔を絡み匿《かくま》えり豹なる胸の哀しみも癒え

いま女は赤き憧憬うち鳴らしほとばしりたる風の欠片の

問いかけに固唾をのみて渦を巻き向日葵そっと頬を撫でゆく

萌え尽きず追いかけてゆく火の国の南の海はいまも幽けき

コバルトの昊に浮かびぬ花瓣と海鳴りこそは尽きぬ生命の

天翔けの衣

晶晶と幸《さき》わい浴びる白露には哀しくぞあれ人を想わば

降りくるは麗しき秋そぞろ衣天翔けるとも萌ゆる紅さの

憂い花恋に漂うさざなみの泳げる衣こそ艶やかなりて

はなの香に想いをよせて身じろがず黄揚羽ひらと窓外をゆく

むらさきの雲間の裂ける陽射しこそ我が待ちわびのまことの夜明け

しらつゆの香りをのせて季を問う白露となりて想いの揺れる

たあいなき緑のなかにたなびける昔のひとぞ綾織り昇る

群青の山あいひかる洗い朱の天翔けるとも想わんばかり

ひと日でもありがたかりきこの白露むらさきの影おとして沈む

白露には雨のけぶりもそろそろにすがしき心地おぼゆる彩どり

風の音の衣に混じりて繋がれていみじく蜻蛉暮れのなか消ゆ

密やかに紫がかる山雫ひとつふたつの桔梗の衣ぎれ

澱みの紅色

鮮烈な燃ゆる山より生まれ来し娘十九の髪の揺れにて
花殻《はながら》の搾りたる陽の虹彩に澱みて清し風の百瀬《ももせ》の
憂いなる白き素肌のその翳り紅の香す十九の春の

ああ春は夏呼び起こし冬の陽を遠ざけてまた澱む紅色

淡あかく走りて澱むをのこへと語りて放つ怪しき夕べ

唇は沈む夕陽のごとく冴え神いくたびとひき留めし罪

ゆらゆらと陽炎辿る細道は辛き幼女へ別れの標

風吹けば風と消えゆく雨降れば雨とながるる春なる季節

とめどなき春捲《めく》りてはちちははの胸より飛びし幸いの蔓

いにしえのおみなの紅の鮮らけき恋うる荒瀬の波の花ゆえ

百千鳥さわぎて経てり悠久の澱みの紅の窮《きわ》める影の

春告げる恋宿す日の紅色は連れてもどれぬ界よりの花

哀しみの襞

ひと言でつかれていられぬ胸にある哀しき襞に爽涼《そうりょう》の舞う

数うれば涼しき貌の乙女過ぎ昊より嘆きの歌に誘われ

溜息に青き水脈《みお》より流れ超し聖女のごときやわらかき夢

いにしえの乙女貌して漂えば影深き宵みつめておりぬ

胸にある哀しき襞に浸りつつただひとことで林檎熟れたり

困惑の青き頬より緋のいろのはぐくむ風の心地よき午後

水清く名残りの秋の声響き夏より戻る翡翠《かわせみ》色の

昊よりの降りくる雨に鳶色のパレットになき色をさがして

もう季は満たされており爪先に戻れぬ愛を漂わせおり

ひとりきり想い巡りて辿りゆく花野のなかを父をもとめて

還らざる一輪草の春捲《はるめく》り鳶色の雨瑠璃にかわりて

如月の母の生まれた日は雪のしんしん積もる銀の世界の

炎昼の夢

青ざめて夏空涙湛えしか黒蝶ひらと下界をいそぐ

漠然と空めざめたりカンナにはまだ見ぬ世界を真っ赤に染めて

緋の色の言葉は辛く哀しかり夏蝶燃ゆる青き空には

ひと吹きの夏の音色に流されてカンナ囁く赤き吐息の

哀しみは胸を潜りて唇に樹液含みぬひと雫なり

ひと花に注げる夢のその夏の華鮮らけき夏の恋ゆえ

風に載り辿りて紅を置き忘れ疲れきし娘の頬に後れ毛

炎昼にノスタルジックな貌の花浮かびて消ゆる泡沫の女

待ちわびの青き界より花カンナ風のひとつを産みてまたゆく

仄白く見つめる視線のその先のマリアの頬はなぜに翳れり

限りなく青い宙より湧き出づるこころの罪は何処《いずこ》より着く

儚くも揺れて消えゆき生まれては花限りなく時を越えゆき

女豹のごとく

いつの世も裏とおもての真実をゆきつ戻りつひとは愛しき

麗しき核ひとつもち風音に女豹のようなおんなでいたし

六月のひとの歓び流す雨頬いくつ借り誰にすがれり

液晶の画面とらえてただひとり吼えない女豹見つめるだけの

争いは己と他人の境目にシリアの死者の涙の凍みる

この雨におんななるゆえ豹のごと傘などささず哀しみのなか

おとこなるゆえ肉を食みおんななるゆえ忘却の幸のすみかに

鎮もれる黒き女豹に花散れり癒しの神は旅立ちてなお

暗雲は遠き宙より近づけり世は他愛なきいとなみの中

大いなる地の煌めきを妨げる未知なるちからよ静かに眠れ

魂の降る風色はむらさきの神歌まじり霧雨の宵

ビロードのオールド、ローズのバーガンジーあの花瓣は風に生きてる

ワインの零れ火

ひと露の萌えあがりたる炎にて哀しみをまた身にもてあまし
風追えば愛しみのまた纏《まと》いたり薔薇のひと夜の香にも似て
流されて辿りつく朝運命の陽飛び散らう蜉蝣《かげろう》のごと

緋の色の薔薇ひと枝の生命なる香れば今日を置き去りにする

口を突く愛ひとかけら躊躇《とまど》いの悩める雨のしたたる音に

諦めは夢を浮かせて飛び交えり夜《よ》に啼く蝉の抜け殻のごと

困惑と孤独と夢を混ぜ合わせ少し軀は雨に濡れたり

忘却のいくつも埋めグラスにはゆらゆら揺れる篝火のごと

つかのまの夏に融けゆきひと蔓《つる》の若さに別れ辛き夢みる

赤き爪ワイングラスの底に堕ち緋の色とらえ星の数かず

暗闇の風に載せられ疲れても戻れぬ幼き髪の色には

蒼穹に突き抜けるほど愛窮《きわ》めてのひらに堕つワインの零れ火

哀惜の水

哀惜は青くひかりて澱みたり水と躱《かわ》して胸に流るる

花待てば花移ろいて固唾のみしたたる影に涙を洗う

幽《かそ》けきは峡の媼の背にありて夢辛くともみつめてゆかん

青白き夢に追われし焔たる夏の陽射しは身を貫きて

疲れ果て野の熱さゆえ蛍呼び夏に背きて言葉愛しき

突きとおす陽射しは夢に委ねられ風おおらかに我を包めり

コトコトと水車の廻る幾たびの哀惜の郷《さと》訪ねてゆかん
せせらぎは音麗しく我をまた夏の淵へと誘いてまねく
夏の樹樹つかまえており夏蝉をここぞとばかり瞳凝らして

指たてて身を伏しておりこの夏の陽の怒りには耐えられもせず

乙女らは湖に滞まりその岸の蛍袋の透きとおるうち

身に辛き陽射しは胸を貫きて夏の夢へとしとど波打つ

洒脱な雨

ここかしこ薔薇の棘より毒気ぬけ洒脱な雨のうちに潜みて

柔らかなこの長雨に流されて雨の香りす身に溜まりゆき

うらぶれて滴となれりこの胸は疲れ知らずにうち震えたり

天海に産まれ出でたるこの雨は亜麻色を吸い爽やかとなる

ひとときは冬の祠《ほこら》に憧れて蕾のうちに籠れる赤の

吐息浴び掴みし夢のあどけなき棘のいたみの指より伝う

闇抜けて憧憬を追う極みには野薔薇の翳憂くこの夕陽なり

ひと時の淡あかき世のたくらみにシュールな貌の時間《とき》の流るる

洒脱なる雨降りやまず湖の恋をこいとす愛あいとして

冬野へとすべてを隠す枯れ枝の洒脱な愛雨《あめ》を凝らしておりぬ

忘却の髪のリボンは唯界《ゆいかい》に飛び面影の洒脱に還る

浮雲の浮かぶ影より愛叫び連れ戻したき歳月ばかり

龍神おみな

闇を抜け白き椿の簪《かんざし》の龍神おみなに逢いにゆきたし

龍神の蒼き崖より流れ来し産める痛みのいたみのなかに

風を巻き雲をあつめし雨煽《あお》り龍神おみなの唇あかき

群青のあかき生命の龍神の海底ふかく騒ぎてゆらぐ

精霊のけだるき群れのそのなかの玉ひとつにて魂の湧く

霧雲を羽織りておみなの微笑の波さざなみて言の葉に酔う

薄衣のうす紅染めて滲みゆく龍神の身の怨みただよう

祠より出でたる生命風たりて吹かれし運命海に辿れば

山八つ海九つに迫りきて岩に身を寄せ念の爪研ぐ

恋千切れ愛の澱みて生きるため六つの花降る凍えし花の

海原は地よりも愛に覆われて浪の華咲く北の寒さの

紅色の昊に住みおり激しくも海に花瓣龍神おみな

あとがき

私の短歌との出逢いは、かなり以前になりますが、親友からいただいた俵万智の短歌と写真がコラボされている一冊の本を手にした時でした。その頃、短歌を自身で詠むという感覚は全くなく、そのまま歳月が流れていきました。

平成二十年の春、北日本歌壇の集いの存在を知るにあたり、師・久泉迪雄先生とのご縁が始まりました。北日本歌壇に入会させていただいた後、綺羅短歌の会に入会、また同時に俳句、絵画も真剣に取り組み始めました。昼夜を問わず没頭すること、七年近く芸術に浸って参りました。

そのあいだには「紅紫の風」、「風花という幻花」と短い随筆もしたため、私なりの文芸を学ばせていただきました。そして、自身の心の世界に紗をかけずに励んで来ました。

まだまだ先の見えない深さのある文芸への憧れを胸に、未熟なりとも毎日の精進のなか、歩み続けてゆければ幸せです。

ここに第一歌集として、北陸歌人選集の一冊を出版していただくにあたり、今まで自由に育んで下さった久泉迪雄先生、綺羅短歌の会のみなさま、歌人連盟はじめの多くの方々、能登印刷出版部の奥平三之さまに深謝いたし、心よりお礼を申し上げたいと存じます。そして、この一冊の本のなかで、一首でも胸にとどめていただけましたなら、私の最高の幸せと存じます。ほんとうにありがとうございました。

平成二十六年十一月吉日　　合掌　　　横内ひとみ

横内ひとみ ●よこうち ひとみ

平成二十年「北日本歌壇の集い」会員、「綺羅短歌の会」同人。

「富山県歌人連盟」会員、「日本短歌協会」会員。

つくば愛の百選入賞、入選。

参加／東京スカイツリー一周年記念文芸展、ホノルル、フェスティバル、エヌエチケイさくら、京都高台寺文芸展、アサヤン友好協力事業バリ国際平和芸術祭、金沢城河北門文芸展、奈良薬師寺奉納文学祭。

現住所 〒930-0016 富山市柳町4-3-3

現代・北陸歌人選集
横内ひとみ歌集「薔薇の喪失」

二〇一五年一月一五日発行

著者　横内ひとみ

監修　「現代・北陸歌人選集」監修委員会
市村善郎、上田義朗、尾沢清量
児玉普定、陶山弘一、田中　譲
橋本　忠、久泉迪雄、古谷尚子
米田憲三　（五十音順）

発行者　能登隆市
発行所　能登印刷出版部
〒九二〇-〇八五五　金沢市武蔵町七-一〇
TEL　〇七六-二二二-四五九五
編集　能登印刷出版部・奥平三之
印刷所　能登印刷株式会社

落丁・乱丁本は小社にてお取り替えします。
© Hitomi Yokouchi 2015 Printed in Japan
ISBN978-4-89010-633-2